DIE ATTRAKTIONEN DER GERECHTIGKEIT

Kurzgeschichten von Markus Grundtner

Die Visitenkartenspieler

„Woher haben Sie meine Nummer?", fragte Anja.

„Wenn ich mich vorstellen darf, mein Name ist Mag. Werkmann", sagte der Anrufer, „Ich biete Ihnen ein kostenloses Erstgespräch in meinem Geschäftslokal an."

„Wo und – vor allem – wofür bitte?", fragte sie.

„Es geht um ein einzigartiges Produkt für Ihre Karriere", versprach Werkmann, „Ein noch nie gesehenes Herausstellungsmerkmal."

Anja hatte Zeit, zu viel Zeit. Er nannte ihr die Adresse. Sie sagte zu.

Auf dem goldenen Türschild stand „Poesie-Visiten". Drinnen sah das Geschäftslokal aus wie ein Büro in einem Raumschiff.

Werkmann reichte Anja die Hand.

„Nehmen Sie doch Platz", sagte er.

Sie setzte sich ihm gegenüber an seinen futuristischen Schreibtisch.

Werkmann legte drei Kärtchen umgedreht auf die weiße Tischplatte.

„In der Arbeitswelt ist alles verkrampft", begann er, „Es gibt Dresscodes und Dienstvorschriften, aber keine Verspieltheit. Daher habe ich mich entschieden, einen Freiraum zu schaffen. Früher war ich Sekretär, nun bin ich Unternehmer. Meinen Freiraum baue ich mir mit den Visitenkarten, die ich selbst entwerfe. Visitenkarten, die zum Lachen bringen und zum Nachdenken anregen. Kurz, Visitenkarten, die einfach Spaß machen."

Werkmann drehte eine der Visitenkarten um.

„Meine allererste Karte. Ein Freundschaftsgeschenk für einen Juristen, der damals wenig Geschäft hatte, aber inzwischen aufgrund der Ehrlichkeit seiner Visitenkarte in neuen Mandantenanfragen untergeht."

Das war die Karte:

Des Anwalts Klagelied

Der Scharfsinn hat mich verlassen.
Ich schwärme von schlaueren Tagen.
Keinen Schriftsatz werde ich verfassen.
Ich fluche, denn ich kann nicht klagen.

Dr. Martin Just
Rechtsanwalt
Elegiegasse 12
A-1010 Wien

„Aus Dankbarkeit hat Martin mich weiterempfohlen", sagte Werkmann, „So habe ich auch für einen seiner Kollegen eine Karte entworfen."

Werkmann deckte für Anja die zweite Visitenkarte auf:

Anja rollte mit den Augen. Werkmann kam voll in Fahrt.

„Weil mein Produkt ein spezielles ist, arbeite ich auch mit besonderen Unternehmen zusammen, etwa dieser Personalagentur hier."

Werkmann zeigte Anja die letzte Karte. Sie gehörte Mag. Inge Hochmann, die für die „executive search gmbh" arbeitete, welche „Headhunting für Romantiker" anbot. Den optischen Hintergrund der Karte bildete das Foto einer Leiterplatte, ein Träger für elektronische Bauteile, die der mechanischen Befestigung und elektrischen Verbindung dient.

Auf der Karte stand:

executice search & more gmbh
headhunting für romantiker

Mag. Inge Hochmann, MBA

Gab es personelle Umstrukturierung in Ihrem Liebesleben?

Ist eine unbefristete Position in Ihrem Herzen frei?

Wir begeben uns für Sie auf die Suche!

Anja nickte und presste die Lippen so fest zusammen, dass es schmerzen musste.

Werkmann setzte seinen Vortrag unbeirrt fort.

„Demnächst ist mein Steuerberater Dr. Thomayer dran. Vorzulegen habe ich noch nichts, außer meine Vision."

Er breitete die Arme aus, als würde er eine Schatzkarte aufrollen.

„Eine grellbunte Karte mit den Silhouetten von allerlei Zauberwesen."

„Aber sie ist doch für Ihren Steuerberater, und nicht für einen Märchenonkel", warf Anja ein.

„Gut erkannt, genau darum geht es!", rief Werkmann, „Es gibt dann ja noch eine entsprechende Fußnote, die da lautet – 'Dr. Thomayer: Am liebsten erfinde ich Märchen und mein größtes wird Ihre Steuererklärung.'"

Anja stand auf und reichte Werkmann die Hand zum Abschied. Doch Werkmann lehnte sich zurück und sagte: „Hier ist mein Angebot – Sie sagen mir Ihren Beruf und in 15 Minuten zeige ich Ihnen drei Entwürfe Ihrer neuen, einzigartigen Visitenkarte. Es wird eine Visitenkarte, die sonst niemand hat. Ich werde Ihr Berufsleben aufs Wesentliche herunterbrechen. Ich werde ein kleines Kunstwerk daraus machen, dass auch in einer Galerie hängen könnte."

Anja setzte sich wieder, verschränkte die Arme und sagte: „Ich bin seit fünf Jahren arbeitslos. Mittlerweile sind auch alle meine Befähigungsnachweise abgelaufen. Ich müsste sie alle nachmachen. Ich habe keine Arbeit und noch nicht einmal ein Berufsfeld, in dem ich mich bewerben könnte."

Werkmann holte tief Luft und sagte: „Kein Problem. Gar kein Problem."

Er bat sie, auf die Straße zu gehen. Anja wartete 15 Minuten, die zu 30 Minuten wurden und schließlich zu 45 Minuten. Erst nach einer Stunde holte sie Werkmann wieder herein.

Mit gequältem Gesichtsausdruck legte er ihr eine Visitenkarte vor und sagte: „Ich habe leider nur einen einzigen Entwurf.

Als Wiedergutmachung können Sie die ersten 100 Stück gerne gratis haben."

Anja fragte: „Die schenken Sie mir?"

„Sie können die Gratiskarten morgen abholen", sagte er, „Gleichzeitig tut es mir sehr leid."

„Aber, das braucht Ihnen doch nicht leid zu tun."

„Doch. Ihre Visitenkarte ist die deprimierendste, die ich jemals entworfen habe."

Anja nahm die Karte vom Tisch, sah sie sich genau an und steckte sie ein.

Es war eine fast leere weiße Karte. Ohne markigen Slogan. Es gab keine Kontaktdaten. Nur ihr Name stand darauf. Keine Funktionsbezeichnung. Kein Beruf. Stattdessen hatte Werkmann nach ihrem Namen ein Komma gesetzt und dahinter das Wort „Mensch" geschrieben.

Der Anwalt auf dem Spielplatz

Eine Seilrutsche sirrt, Kinder kreischen, ein Ball springt über Gummigranulat, Schaukeln schwingen hin und her. Ein Blick auf die Visitenkarte.

„Entschuldigung, sind Sie Dr. Johann Kraus?"

„Ja", sagt der Mann auf der Parkbank, ein Mittvierziger mit kantigem Gesicht, randloser Brille und nach hinten gegeltem schwarzem Haar. Er ist makellos gekleidet mit Anzug, Krawatte und Stecktuch, hat eine sonore Stimme und bedient sich ausladender Gesten. Es wirkt so, als soll nicht nur jeder hören, was er zu sagen hat, sondern es auch sehen.

„Sind Sie mein 15-Uhr-Termin?", fragt Kraus.

„Denke schon. Mein Name ist Herbert Winninger."

„Winninger? Guter Name. Da wissen wir gleich, wo die Reise hingeht. Aber setzen Sie sich doch."

Winninger, um die 30, aber bereits mit Geheimratsecken,

trägt Kleidung, die ihm viel zu groß ist, und quietschende Schuhe. Er spricht leise und zögerlich. Es scheint, als hätte er Angst davor, von anderen gehört zu werden.

Winninger sieht auf den Platz neben Kraus, dann auf den Spielplatz um sie herum – wo Kinder krabbeln, kreischen und klettern.

„Fühlen Sie sich unwohl?", fragt Kraus, „Sollen wir lieber auf einen anderen Spielplatz gehen?"

Winninger legt die Hand auf seine Stirn, streicht wild über seinen Kopf.

„Das ist es nicht", sagt Winninger, „Ach, eigentlich schon. Ich bin zum ersten Mal bei einem Anwalt und ich finde es mehr als ungewöhnlich, eine vertrauliche Besprechung auf einem Spielplatz abzuhalten."

„Wieso?", fragt Kraus und weist auf die Kinder, „Manche hier können noch gar nicht reden, also auch nichts weitererzählen. Und jene, die reden können, interessieren sich höchstens dann für ein Geheimnis, wenn es die wahre Identität von Superhelden betrifft. Sind Sie vielleicht ein Superheld?"

„Nicht, dass ich wüsste."

„Dachte ich es mir doch."

„Aber es sind auch Erwachsene da", flüstert Winninger und setzt sich.

„Ja, das sind Eltern wie ich", sagt Kraus, „Ich kenne alle."

„Haben Sie denn keine eigene Kanzlei?"

„Das hier ist meine Kanzlei."

„Was?"

Kraus seufzt und sagt dann: „Kennen Sie den Film mit Matthew McConaughey, in dem er einen Anwalt spielt, der in einer Lincoln-Town-Car-Limousine durch die Gegend chauffiert wird, und in dem Wagen seine Besprechungen abhält?"

„Nein, leider nicht."

„Egal", sagt Kraus, „Entweder ein Mann entscheidet sich für ein teures Auto oder für ein Kind. Raten Sie mal, was ich gewählt habe."

Winninger reckt den Kopf und macht einen Rundblick.

„Welches ist Ihres?"

„Das fragen Sie noch?"

Kraus lacht und sagt dann: „Natürlich der Dreijährige in der Sandkiste dort, der alle Spielzeuge mit größter Überzeugung für sich selbst einfordert. Früh übt sich, wer ein Meisterstreiter werden will."

„Aber, wenn ich fragen darf", sagt Winninger, zögert und spricht dann weiter, „Wo ist die Mutter?"

„Wo leben Sie denn?", fragt Kraus, „Im Jahr 1955?"

„Ich meine es ernst. Ich vertraue Ihnen mein Leben an."

„Übertreiben Sie nicht."

„Wo ist die Mutter?", wiederholt Winninger.

„Wenn Sie es wissen wollen", sagt Kraus, „Ein Bär hat sie gefressen."

„Ernsthaft gefragt!"

„Gut", sagt Kraus, „Es gab nie eine Mutter. Mein Sohn ist mein Klon."

„Das wird mir zu seltsam hier", sagt Winninger, steht auf

und will gehen.

„Wo wollen Sie denn hin?", fragt Kraus, „Sie haben mir doch geschrieben, Sie seien entlassen worden?"

„So ist es."

„An Ihrer Stelle würde ich keine Zeit verlieren wollen. Besonders nicht mit Kindereien. Aufstehen und hinsetzen. Das ist doch hier nicht die Reise nach Jerusalem."

Winninger macht einen Schritt weg, hält inne, dreht sich um und nimmt wieder neben Kraus Platz.

„Sehr gut, nun können wir beginnen", sagt Kraus und schlägt sich dabei freudig auf die Oberschenkel, „Warum wurden Sie entlassen? Oder, besser, meine Lieblingsfrage: Was geschah wirklich?"

„Ich war für die Bestellung von Büromaterialien zuständig. Ein Lieferant hat meinem Vorgesetzten vergangene Woche telefonisch gemeldet, ich hätte von ihm einen Vorteil für mich selbst verlangt. Mein Vorgesetzter hat das Telefonat mit dem Lieferanten beendet und mich sofort entlassen."

Kraus beugt sich vor, sieht Winninger tief in die Augen und fragt: „Es gab also keine Absprache zwischen Ihnen und dem Lieferanten?"

„Nein", sagt Winninger, „Ich habe nur einen Scherz gemacht. Ausnahmsweise, weil ich einen guten Tag hatte, habe ich gesagt: 'Für meine Mühen verdiene ich zu Weihnachten eine Rolex.' Dabei habe ich aber die Finger gekreuzt und affektiert gezwinkert – um auf der sicheren Seite zu sein."

„Der Scherz war für jedermann erkennbar?"

„Weiß ich nicht", sagt Winninger, „Es war ein Telefongespräch."

„Sie haben am Telefon lediglich mit Gesten für Ihren Gesprächspartner unterstrichen, dass Sie nicht ernst meinen, was Sie ihm sagen?"

„Ja, genau."

Kraus schlägt die Beine zusammen und seine Hände vors Gesicht.

„Was ist denn los?", fragt Winninger.

„Ach", sagt Kraus, „Mein Sohn hat eben etwas sehr Dummes gemacht."

„Was hat das mit meinem Fall zu tun?"

„Alles. Wirklich alles." Kraus lässt die Hände sinken, seine Augen sind geschlossen. „Aber sagen Sie mir bitte noch, für welches Unternehmen Sie gearbeitet haben?"

„Die Keller GmbH."

Kraus öffnet die Augen wieder und sagt: „Gerade diese GmbH – dort, wo alle zum Lachen in den … na, Sie wissen schon … gehen. Aber Sie haben trotzdem wahnsinniges Glück."

„Wirklich?"

„Winninger – Keller. Ihr Aktenkürzel lautet Win/Kel", Kraus stößt Winninger mit dem Ellenbogen in die Seite, „Ich bin also Ihr Win/kel-Advokat. Verstehen Sie?"

Er wendet sich Winninger zu und sagt: „Ich sehe, dass Sie dieser Umstand aus unerklärlichen Gründen kaum beeindruckt oder gar belustigt. Dafür habe ich eine zweite gute Nachricht."

Kraus nimmt Stift und Block aus seiner Jackentasche und kritzelt darauf.

„Was notieren Sie denn da?", fragt Winninger.

Kraus schreibt fertig, reißt den Zettel ab und gibt ihn Winninger.

„Ich habe gleich meinen nächsten Termin, muss Sie daher ersuchen, zu gehen. Aber, bevor Sie den Spielplatz verlassen, überreichen Sie dieses Briefchen bitte dem Mann mit den Zwillingen dort beim großen Klettergerüst. Sie erkennen ihn am überforderten Gesichtsausdruck."

„Was steht da drauf?"

„Unser Vergleichsangebot. Der Arbeitgeber nimmt die Entlassung zurück und Sie bekommen Ihre alte Position wieder. Im Gegenzug verpflichten Sie sich, nie wieder einen Witz zu machen, ohne vorher ein Komik-Coaching absolviert zu haben."

„Wem gebe ich das Angebot?"

„Herr Kroner."

„Heinz Ludwig Kroner? Der Geschäftsführer der Keller GmbH?"

„Genau der."

Kraus reicht Winninger die Hand und sagt: „Sie müssen an das Gute glauben, dann geschieht es auch."

Die beiden schütteln einander die Hände.

„Das war ja leichter als gedacht", sagt Winninger.

„Wir hier auf dem Spielplatz – wir machen unsere eigene Wirklichkeit."

„Wie meinen Sie das?"

„Denken Sie nicht zu viel darüber nach. Vertrauen Sie mir einfach", sagt Kraus, „Dann bewegen auch Sie sich irgendwann auf einem Statuslevel, auf dem alles nur noch ein Kinderspiel ist."

Eine Seilrutsche sirrt, Kinder kreischen, ein Ball springt über Gummigranulat, eine Schaukel schwingt hin und her. Winningers Schuhe quietschen beim Weggehen.

Ab hier bitte lächeln

„Nun sage ich Ihnen mal was", sagte der Passagier, nachdem er seit einer Viertelstunde ohne Punkt und Komma geredet hatte. „Schauen Sie nicht so ernst. Sehen Sie nur das Positive. Ab hier bitte lächeln!"

Dann breitete er die Arme aus und schwenkte seinen Kopf wie einen Scheinwerfer übers Sonnendeck. Eine Conga-Schlange marschierte zu Terry Jacks' „Seasons in the Sun" vorbei. Wir dagegen standen in der Cocktail-Schlange. Selbst der kleine Mann mit dem großen Mund musste warten, trotz des goldenen Armbands an seinem Handgelenk, das ihn der „Seenator"-Klasse zuordnete. Ein Seenator brauchte kein Bargeld an Bord. Weil er vorab eine horrende Pauschalsumme bezahlt hatte, die in keinem Verhältnis stand zu den schwachen Cocktails, dem schwachen W-Lan und dem schwachen Händedruck des Kapitäns. Der Seenator hatte laut Visitenkarte auch einen Namen. Aber ich entschied mich, ihn wie seine Klasse zu nennen, als er seine Arme sinken ließ und weitersprach.

„Bei mir zuhause ist es wunderschön, aber dort urlauben? Niemals! Dauernd die Wettervorhersage: 'Morgen keine Sonne'. Und ohne Vorhersage kommen heftige Stürme und Hochwasser! Sogar unsere Altstadt hat es weggespült. Samt Schloss, bitte sehr. Sucht mich das Wetter heim, suche ich das Kreuzfahrtschiff – das Schloss der Zukunft. Keine Welle dreht einen Kreuzfahrtkoloss um."

Trotz seiner ausdrücklichen Zuversicht stand schwarzer Schweiß auf seiner Stirn. Das Färbemittel seines dünnen Seitenscheitels war wohl nicht wasserfest. Der Seenator floss dahin.

„Mit meinem Start-Up *Ornament* leiste ich meinen Teil gegen das Klimawetter", hielt er fest und schlug mit der Faust auf die Bar. „Wir vertreiben nachhaltige und zertifizierte Einwegartikel, produziert aus nachwachsenden Rohstoffen Holz,

Bambus, Mais und Weizenstroh. Umweltverträgliche Lösungen für Gastronomie, Hotellerie und Großverbraucher. Becher, Besteck, Strohhalme und Take-Away-Boxen: praktisch und umweltbewusst. Natürlich personalisierbar und kompostierbar."

Alle hatten sich bei seiner Ansprache zum Seenator hingewandt, die Wartenden der Cocktail-Schlange und die Tanzenden der Conga-Schlange. Der Seenator strahlte, griff in die Tasche seiner weißen Sommerhose, zog einen Stapel Visitenkarten hervor, wohl mit der Absicht, diese zu verteilen, doch der Barkeeper unterbrach ihn, indem er endlich seine Begrüßung abspulte.

„Good day, Sir. My name is Bayani, what can I get you?"

Der Seenator ließ die Visitenkarten stecken, griff stattdessen nach der Cocktailkarte und begann sie zu studieren wie ein komplexes Vertragswerk. Ich wollte die Zeit nutzen, schon ein Mineral bestellen, doch der Seenator musste dies aus seinem Augenwinkel bemerkt haben, denn er hob die Hand, um mir Einhalt zu gebieten.

„Zur Feier dieses grandiosen Kreuzfahrttages", sagte er, „nehme ich etwas Superexklusives – einen Kamikaze."

„I'm sorry, Sir. That's not on the menu."

„Wodka, Triple Sec und Limettensaft, je ein Drittel, mit zerstoßenem Eis", sagte der Seenator, „It's not that hard!"

Bayani nickte, wobei in dem Nicken ein Charakterurteil über den Seenator nachhaltig eingepackt war.

Dann mixte Bayani den Cocktail. Beim nächsten freien Bartender, Jomari, bestellte ich ein Mineral und bezahlte. Der Seenator bekam seinen Drink, wies stolz auf den Trinkhalm aus Bambus, als hätte er ihn selbst hergestellt, und schlenderte los. Ich blieb an der Bar angelehnt, da wandte sich der Seenator um und sagte: „Richtig so – bloß kein Stress."

Ich verfluchte das Gefängnis der Höflichkeit, in dem ich eingesperrt war. Noch mehr als den Wunsch meiner Frau, einmal eine Familienkreuzfahrt auszuprobieren. Trotzdem ging ich mit dem Seenator über die Stiegen aufs Panoramadeck. Die Sonne brannte, während eine Böe mich fast über Bord wehte. Das Schlechteste aller Welten kam hier zusammen. Ein Urlaub wie kein zweiter.

„Ein Kreuzfahrtschiff ist nichts anderes als unsere große Erde im Kleinen", sagte der Seenator, „Die Kinder spielen im Pool oder auf dem Spielplatz und die Erwachsenen im Casino oder in der Kabine." Bei den letzten Worten lächelte er auf schmutzigste Art den Paaren zu, die sich an der Reling gegen den Horizont von der Schiffsfotografin ablichten ließen.

„Was Sie auf unserem Schiff hier sehen, ist nichts dagegen, was möglich ist", sagte der Seenator, aufgeregt wie ein Bub, „Achterbahnen und Go-Kart-Strecken auf dem Oberdeck! Auf Schiffen um ein Vielfaches größer als die Titanic."

„Vielleicht nicht der beste Vergleich", murmelte ich mir selbst zu.

„Das Leben muss wert sein, gelebt zu werden", fuhr der Seenator fort, offenkundig, ohne mich gehört zu haben, „Wir müssen wachsen. Nicht verzichten."

Er trat an die Reling. Ich auch und lehnte mich dagegen.

Dann trank er seinen Kamikaze, verzog das Gesicht, schirmte mit der Hand die Augen ab und sagte: „Da! Griechenland!"

Woher wusste er das? Aber er gab mir schon seine Antwort.

„Rauchwolken. Waldbrand. Griechenland! What else?"

Mein Mund war trocken, ich nahm einen Schluck Mineralwasser, ein Eiswürfel rutschte in meine Kehle.

Atmen. nicht. möglich.

Mit einer Hand und ohne mit der anderen seinen Cocktail zu verschütten, vollführte der Seenator den Heimlich-Handgriff. Der Eiswürfel flog aus meinem Mund aufs Deck, schlitterte darüber und zerschmolz in der Hitze.

„Immer mit Maß und Ziel – bloß nicht zu gierig werden", sagte der Seenator, worauf ich zum Dank krächzte.

Er bugsierte mich zu einem Aufzug. Die Schiffsschlote über uns verabschiedeten alle erdenklichen Abgase in den Himmel, während der Seenator die Lifttaste drückte und die Türen sich öffneten. Beim Einsteigen traf mich gefilterte und klimatisierte Luft wie eine Ohrfeige. „Riechen Sie das auch?", fragte der Seenator. „Freiheit!"

Welche Freiheit? Jeden Hafen der Welt anzusteuern? Sich mit allen Kulturen der Erde auszutauschen? Die Fesseln nationalstaatlicher Zwänge abzulegen? Neue Denkweisen auszuarbeiten? Ein eigenes utopisches Gesellschaftsmodell auf dem Schiff im Kleinen auszuprobieren, um es bei Erfolg im Großen zu verwirklichen?

„Nonstop kulinarisches Angebot!", sagte der Seenator. „Auf einem Deck essen Sie Italienisch, auf dem anderen Japanisch. Am gleichen Abend. Und warum auch nicht? Wenn sie dazwischen der Hunger packen sollte, gehen Sie zu einem der 24-Stunden-Buffets für Hamburger, Hot-Dogs oder Hamburger kombiniert mit Hot Dogs."

Wir traten aus dem Aufzug in die Lobby – über uns die Decks kreuz und quer verbunden über gewundene Treppen, vor uns ein automatisches Klavier, das „Beyond the Sea" klimperte, und überall: „Geschäfte! Geschäfte! Geschäfte!" eingefasst in warme Rotbrauntöne – von den schimmernden

Kunststeinböden bis hin zur Deckenleuchte, ein Riesenkompass, der mich blendete.

„Ach, wie schön ist Panama", sagte der Seenator.

Mit zusammengekniffenen Augen sah ich ihn fragend an.

„Auf hoher See sind wir in der Karibik. Nicht örtlich, aber rechtlich. Weil wir unter panamaischer Flagge fahren."

Ich tat einen Schritt hin zur nächstgelegenen Treppe und stieg rasch hinauf, vielleicht wurde ich ihn so los.

„Alles ist so raffiniert", sagte der Seenator hinter mir. „Hier gilt das Recht Panamas. Stellen Sie sich vor, was das steuerrechtlich für ein Segen ist – Kreuzfahrtunternehmen sind die sichtbarsten aller Briefkastenfirmen. Ihre Briefkästen gleiten über die Weltmeere."

Dann zeigte der Seenator auf eine der vielen Kameraanlagen. „Und auch was die allgemeine Sicherheit anbelangt, hat dies Implikationen. Zugegeben, rein objektiv betrachtet, eher zu unser aller Nachteil. Überall am Schiff filmen zwar Kameras. Außerdem gibt es außen am Schiff Bewegungssensoren. Aber sollte ein Mensch hinunterfallen – ins Meer oder auf der Treppe – ermitteln fremdländische Behörden, die es kein bisschen interessiert, ob europäische Kreuzfahrtgäste leben oder sterben."

Abrupt wandte ich mich um, stützte mich am Geländer ab, stand fest da, der Seenator ein paar Stufen unter mir auf wackeligen Beinen. Er wich zurück. Nur ein Missverständnis. Aber eines, das ich doch genoss.

„Weil das perfekte Verbrechen möglich ist, muss man es nicht gleich in die Tat umsetzen – nicht wahr?", merkte er an. „Für meine körperliche Unversehrtheit ist wohl am besten, Sie sehen einfach immer nur das Positive." Dann lachte er.

Ich lachte nicht. Seit meiner Buchung bekam ich mindestens einmal täglich einen Newsletter der Reederei mit neuen Angeboten. Der Newsletter ließ sich auch partout nicht wieder abbestellen. „Der Urlaub für die ganze Familie" pries jede neue Sendung an. Im Lichte der neuen Information des Seenators erschien mir das fragwürdig: Nach einer kurzen, aber heftigen Meinungsverschiedenheit zwischen Mama und Papa auf dem Kabinenbalkon wäre es ja dann nur noch ein „Urlaub für die teilweise Familie".

Ich schüttelte den Gedanken an Mord und Totschlag ab, stieg weiter hinauf und hörte den Seenator mit erleichterter Stimme hinter mir.

„Auf Kreuzfahrten braucht es Verbündete." Zum Glück hatte er nicht „Freunde" gesagt. „Der Spaß kennt hier keine Grenzen", ergänzte der Seenator. „Aber damit auch die Gefahr. Als Sie mit Ihrer Buchung die Allgemeinen Reisebedingungen akzeptiert haben, haben Sie sich einverstanden erklärt, die Reederei von jeglicher Haftung freizustellen – bei Aufstand der Besatzung, Aufruhr unter den Passagieren, Rebellion, Revolution oder infolge sonstiger Gefahren auf See. Und es müssen gar nicht so weltbewegende Notlagen eintreten. Ist Ihnen schon einmal aufgefallen, was an den Pools fehlt?"
Ich dachte kurz nach, mir fiel „Hygiene" ein, doch übte ich mich auch weiterhin in Schweigen.

„Die Rettungsschwimmer natürlich", antwortete der Seenator sich selbst. „Allesamt eingespart! Wir leben in einer Welt ohne Rettungsschwimmer – das ist aber nicht tragisch, wenn wir einfach nur das Positive hervorstreichen. Solange wir die Lage kennen, mit all ihren Vor- und Nachteilen, können wir uns anpassen. Nur Menschen, die nicht schwimmen können, müssen besonders vorsichtig sein. Wenn Sie es also vermeiden können", sagte der Seenator, „seien Sie besser kein Kind in dieser unserer wundersamen Welt."

Ich war am Ende der Treppe angekommen. Auf dem Deck sah ich eine Drogerie, einen Juwelier und einen Händler für Sportwagen. Ein Händler für Luxusautos? Wie waren diese Wagen an Bord gekommen? Wie würden sie wieder von Bord kommen? Würden die Sportwagen mit dem Schiff untergehen? War das Kreuzfahrtschiff wie eine bunt bemalte, ineinander schachtelbare, eiförmige russische Puppe, welche alles, was die Welt ein Stück schlechter machte, in sich verpackte?

Während ich über all diese Fragen über Fragen nachdachte,

kam mir der Seenator nahe. „Ich kenne Sie nur kurz", sagte er, „Aber lang genug, um zu wissen, was Ihnen gefällt." Viel zu nah. „Sie als schweigsamer Mensch müssen unbedingt den Ruhepol des Schiffs kennenlernen."

Ich brummte, fast zufrieden. Ich wusste nicht, wann ich meinen letzten ruhigen Moment gehabt hatte. Überall an Bord dröhnte Musik. Ich hatte versucht, mich im letzten Hafen mit einem der Landausflüge zu retten: Der Bus brachte uns bei voll aufgedrehtem Radio zu einem Strand, exklusiv eingezäunt, alle paar Meter Lautsprecher platziert, deren wummernde Sommerhits mich ins Meer hinaustrieben. So weit wie möglich. Dort herrschte Ruhe – für mehrere Sekunden, bis Jetskis fast meinen Kopf wegmähten und mich in den abgegrenzten Schwimmbereich in Hörweite des Strandwummerns zurückdrängten.

„Da sind wir", holte mich der Seenator aus meinen Gedanken. Vor dem Eingang der Rollschuhdisco – der Antithese von Ruhe. „Aber ich meine nicht die Disco", sagte er.

Ach, die Nische davor: eine schmale Ecke mit Glastisch, Plastiksessel, zwei Riesen-Video-Screens an jeder Wand, auf denen TikTok-Videos und Instagram-Reels in Dauerschleife liefen. Keine Fernbedienung zum Ausschalten in Sicht.

„Das ist die Bibliothek", sagte der Seenator.

Die Bibliothek?, fragte ich mich selbst in Gedanken, Das soll die Bibliothek sein?

Konnte es nicht einmal still sein? War es denn so unmöglich, seine eigenen Gedanken zu hören, sich mit etwas anderem zu beschäftigen als 30-Sekunden-Schnipseln, die keine Botschaften mehr transportierten, sondern nur gespielte Witze waren? Noch schlimmer waren ja nur noch Videos von Menschen, die sich andere Videos ansahen und das kommentierten, während dann wieder andere Menschen sich diese Kommentarvideos ansahen und sie dann selbst kommentierten. Konnte denn nicht endlich jemand diese Endlosschleife durchtrennen?

Konnte das Ungetüm nicht einmal still stehen?, fragte ich mich.

Der Senator sah mich mit größter Sorge an – so als hätte ich meinen Finger auf dem Knopf, alle Bankkonten dieser Welt auf null zu setzen.

„Sie sehen schrecklich aus – Sie sind wohl seekrank. Ja, seekrank! Das muss es sein", sagte er, packte mich am Arm und zog mich mitten durch die Rollschuhdisco, in der Baccara lief.

„No Sir, I can't boogie", grölte ich innerlich.

Da packte mich eine andere Hand und führte mich behutsam, aber bestimmt von der Tanzfläche weg durch eine Seitentür. Ich dachte schon, der Seenator wäre im Meer der Rollschuhtanzenden untergegangen, aber zu Dritt standen wir nun in einem Raum, der kein Abstellraum war, sondern ein Mittelding zwischen Lagerraum und Kabine. Bayanis Kabine.

„Are you alright, Sir?", fragte er.

Ich nickte ihm zu, dann sah ich mich um. Es gab ein Bett, aber auch Kisten voll mit Schnapsflaschen, Einmachgläser mit Cocktailkirschen und Kartons mit Bambusstrohhalmen, natürlich hergestellt von *Ornament*. Bayani, der Seenator und ich konnten zwischen Bett und Barvorräten kerzengerade stehen, mehr aber auch nicht.

„Sehr kuschelig hier! Effiziente Raumnutzung nennt sich das", beurteilte der Seenator zuerst die Kabine, um dann Bayani zu beurteilen. „Er arbeitet ja auch sieben Tage die Woche insgesamt siebzig bis neunzig Stunden. Soweit ich das gehört habe, verdient er nur zwei Euro pro Stunde. Weil die Überstunden unbezahlt sind. Wer so wenig verdient und so viel arbeitet, braucht ja auch gar nicht so viel Platz. Für welche Wertgegenstände? Um zu schlafen? Ach, woher denn."

„It's true, Sir", sagte Bayani, „Me and Jomari live here."

Sie wohnten hier also zu zweit.

„Er und seine philippinischen Kollegen sind ein Segen für die Schifffahrt", sagte der Seenator. „Deren Kultur legt großen Wert auf Hingabe. Filipinos sind bereit, die entbehrliche Nonstop-Arbeit auf sich zu nehmen und ihr Staat macht es den Kreuzfahrtunternehmen noch leichter. Die philippinische

Regierung unterstützt aktiv die Anwerbung und Vermittlung von philippinischen Arbeitskräften im Ausland. Auch ihre arbeitsrechtliche Position ist attraktiv für Reedereien – ihre Verträge, die sie meistens gar nicht verstanden haben, wenn sie unterschreiben, lassen einiges zu. Sollte es zu einem Unfall kommen – was bei hoher Belastung und wenig Schlaf wahrscheinlich ist ..."

„Again, very true, Sir."

„... dann erhalten die Geschädigten nur einen vorab festgelegten Schadenersatz, nach oben hin begrenzt – je nachdem, welches Körperteil verloren oder verletzt ist."

Bayani nickte wieder sein vieldeutiges Nicken – diesmal wohl nicht über den Seenator, sondern über seine arbeitsrechtliche Situation.

„Aber die Kreuzfahrtgesellschaften lieben die Filipinos genauso heiß wie die Filipinos die Kreuzfahrtgesellschaften."

Bayani nickte heftiger und glitt dabei fast in ein Kopfschütteln ab.

„Trotz allem", sagte der Seenator, „ist diese Bartender-Kabine beileibe nicht der richtige Ort, damit Sie wieder auf den Dampfer kommen." Erneut packte mich der Seenator und stieß dabei eine der Schnapskisten um, sodass Bayani uns nicht aus der Kabine folgen konnte, obwohl er es versuchte. Schon waren wir draußen und Bayani blieb zurück.

„Sie bekommen die Hilfe, die Sie brauchen, mein Freund!", rief der Seenator. Das Schlimmstmögliche war eingetreten: Er hatte mich seinen Freund genannt. Jegliche Widerstandskraft verließ meinen Körper. Per Handgriff und Aufzug brachte mich der Seenator zurück aufs Panoramadeck. Wir stolperten fast über ein gelbes Warnschild: „Vorsicht Rutschgefahr". Das Deck musste gerade frisch gereinigt und poliert worden sein. Ich glitt herum wie auf einem Eislaufplatz ohne Schlittschuhe.

Von oben sahen der Seenator und ich hinunter aufs Pooldeck, wo auf der Bühne das Nachmittagskonzert gegeben wurde – ein Potpourri der Popmusik stand auf dem Programm. Der Seenator lenkte mich hin zur Reling über dem Pooldeck.

Ich lehnte mich dagegen – wie ich mich bereits an der Bar, der Reling zum Meer und dem Lobbygeländer abgestützt hatte, anstatt auf eigenen Beinen zu stehen und zu sagen: „Es reicht!"

Auf der Bühne sangen der blonde Barde und die blonde Diva des Schiffs den Country-Pop-Song „Shallow".

„Verstehen Sie?", fragte der Seenator, stieß mich in die Seite und übersetzte den Liedtext so, wie nur er ihn verstand.

„Sind Sie glücklich in der modernen Welt? Oder brauchen Sie mehr?"

„Mehr? Mehr? Mehr?", skandierte er dazwischen und schloss dann: „Gibt es etwas, nach dem Sie suchen?"

Der Sänger beendete seinen Part, die Sängerin atmete sichtbar alle vorhandene Luft ein für ihren Teil – doch zu hören war nur eine Schiffsdurchsage.

„Code Omega! Code Omega! Code Omega!"

Die Musik stoppte. Der Sänger bat alle das Pooldeck sowie das Panoramadeck zu räumen, das Gesangsduo musste als

Teil der Crew zum Notfalleinsatz. Die Passagiere taten murmelnd wie geheißen, manche taten lautstark ihren Unmut kund und riefen: „Nicht ohne meinen Cocktail!".

„Wissen Sie, es gibt keine einheitlichen Notfallcodes", sagte der Seenator. „Die sind von Reederei zu Reederei verschieden und werden willkürlich benannt. Code Omega kann alles oder nichts bedeuten: Mann über Bord. Vermisstes Kind. Kollision mit Flüchtlingsboot. Plötzlich auftretendes kollektives Erbrechen."

Wir waren die einzigen, die sich noch auf dem Panoramadeck aufhielten. „Hier dürfen wir nicht bleiben, aber in die Kabine müssen wir auch nicht zurück", sagte er. „Ein Kreuzfahrtschiff bietet viel. All das Großartige, womit ich Sie aufheitern wollte. Als CEO von *Ornament* erhalte ich es für immer. Mein Bambusstrohhalm zahlt die Kosten der Kreuzfahrt, bringt den Ausgleich für verpestete Luft, Abfälle in den Weltmeeren, unbestrafte Verbrechen und die Ausbeutung des Schiffpersonals."

Der Seenator wollte mir seine Hand reichen.

„Sie lächeln ja immer noch nicht", sagte er.

Und nun verstand ich Bayanis Nicken in all seiner Mehrdeutigkeit. Mit einem Schlag sozusagen, denn sofort schlug ich die Hand des Seenators weg. Dies überraschte ihn so sehr, dass er auf dem frisch gewaschenen sowie aufpolierten Deck die Balance verlor und herumschlitterte wie vorhin noch der Eiswürfel, an dem ich fast erstickt wäre. Das Einzige, was der Seenator zu fassen bekam, war meine Hand, die seine gerade dezidiert weggeschlagen hatte. Er zog mich mit, wir glitten und taumelten hin zur meerseitigen Reling – wie zwei betrunkene Tangotänzer. Zuerst stürzte der Seenator über Bord und fiel, dann folgte ich ihm. Kabinenbalkon um Kabinenbalkon zogen an mir vorüber. Ich kollidierte auf dem Weg nach unten fast mit einem Rettungsboot. Der Aufprall hätte mich wohl das Gegenteil von gerettet. Ich schlug auf dem Wasser auf. Und alles wurde schwarz.

„Hilfe! Hilfe! Hilfe!", hörte ich den Seenator schreien.

Ich fand mich an der Meeresoberfläche wieder, würgte, spuckte Salzwasser aus und hustete. Ich sah hinauf zum Schiff, suchte Anzeichen dafür, dass irgendjemand unseren Sturz bemerkt haben könnte – etwa über eine der Bordkameras oder die Bewegungssensoren, von denen der Seenator gesprochen hatte: Wurde das Schiff langsamer? Ließ jemand ein Rettungsboot hinab? Oder geschah irgendetwas anderes, das auf eine Rettungsaktion hindeutete?

Nein, das Schiff entfernte sich eindeutig von uns. Fast schien es, als fuhr es schneller, um von uns wegzukommen. Ich sah keinerlei Bewegung an Bord, die Hoffnung in mir weckte.

Neben mir versuchte der Seenator mit beiden Armen zu winken, tauchte dabei immer wieder unter, dann wieder auf.

Er schrie – nun nach einem „Rettungsschwimmer!", den es ja nach seiner eigenen Aussage nicht gab – und dann schrie er mit mir.

„Tun Sie doch auch etwas!"

Ich trat weiter Wasser.

„Nun sagen Sie doch auch einmal was!", sagte der Seenator. „Bis jetzt haben Sie nichts gesagt! Gar nichts!"

Ich wandte mich zu ihm und schüttelte nur stumm den Kopf.

Das war augenscheinlich zu viel für den Seenator. Jegliche Hoffnung schwappte aus seinen Augen. Der Seenator ging unter. Nicht weil die Wellen zu stark waren. Er gab offenkundig einfach auf. Ich seufzte, tauchte, griff mit beiden Händen in die Achseln des Seenators, zog ihn auf dem Rücken an die Oberfläche und schwamm mit dem Seenator gemeinsam auf der Stelle. Ich sah hinauf in den Himmel.

„Können Sie mich hören?", fragte ich den Seenator.

„Ja", sagte er mit erstickter Stimme.

„Es gibt doch etwas, was ich Ihnen unbedingt sagen will – sollte das unser Ende sein."

„Was denn?"

„Sie können mich mal kreuzfahrtweise!"

„Was haben Sie gesagt?"

Das Tröten des Schiffshorns hatte mich übertönt.

Ich verrenkte meinen Kopf. Mit dem Seenator in meinen Armen und auf dem Rücken schwimmend konnte ich nicht ausmachen, ob das Schiff zu uns zurückkam. Der Seenator flüsterte mit letzter Kraft etwas. Ich horchte genauer hin. „Dieses Signal kann alles oder nichts bedeuten."

Und dann sagte er nichts mehr. Hätte er nur sehen können, dass ich lächelte. Gerade sah ich nur das Positive. Endlich war es still.